ODES NATIONALES

SUR LA

CAMPAGNE D'ITALIE

PAR

L. BELMONTET

DÉPUTÉ

PARIS

AMYOT, LIBRAIRE-ÉDITEUR,

RUE DE LA PAIX 8,

ET LIBRAIRIE NOUVELLE

BOULEVARD DES ITALIENS, 15

1859

ODES NATIONALES

SUR LA

CAMPAGNE D'ITALIE

PAR

L. BELMONTET,

DÉPUTÉ.

PARIS

AMYOT, LIBRAIRE-ÉDITEUR,

RUE DE LA PAIX, 8,

ET LIBRAIRIE NOUVELLE,

BOULEVARD DES ITALIENS, 15

1859

AUX CHASSEURS DE LA GARDE.

CHASSEURS DE LA GARDE IMPÉRIALE,

La campagne d'Italie s'est faite à la vapeur, mais à la vapeur de la gloire. Tous les corps se sont admirablement conduits. En rentrant en France, on dira de vous tous avec un juste orgueil : *Il était de l'armée d'Italie !*

Chasseurs de la Garde, soldats d'élite, a Magenta et a Solferino, vous vous êtes illustrés par de magnifiques faits d'armes. Je dois en être plus fier qu'un autre, car mon fils Napoléon était dans vos rangs. Il a fait avec vous l'apprentissage de l'héroisme. Puisque je célebre cette campagne si glorieuse, comme j'ai celebré celle de la Crimee, il est naturel que les inspirations du poete s'accordent avec les sentiments du père, et que je sois heureux et fier de vous dédier les vers que je consacre a la glorification de notre Empereur et de sa vaillante armee. Oui, nobles chasseurs de la Garde, c'est à vous que je fais hommage de mes poésies guerrieres. Il y a longtemps que je chante les grandeurs de l'Empire, pour lesquelles vous avez versé votre sang généreux. Le même patriotisme nous unit.

L'Empereur, que vous aimez, comme la vieille armée aimait le grand homme, me fit l'honneur, du fond de l'exil, en 1830, de m'écrire ces nobles paroles, qui seront mon titre d'honneur auprès des chasseurs de la Garde, dont le drapeau s'est immortalisé à Solferino, en gagnant cette croix de l'honneur, que votre aigle va porter désormais, comme si elle était suspendue à toutes vos poitrines :

« Vos vers sont dignes de la gloire française, qui doit « être la boussole des cœurs généreux Je n'oublierai jamais « que, le premier, vous avez secoué la poussière qui cou- « vrit, pendant quinze ans, notre drapeau immortel. »

Chasseurs, je vous cite ces paroles d'il y a près de trente ans, pour vous prouver que la dédicace que je vous adresse n'est pas indigne de la sympathie des braves. La Poésie et la Gloire sont sœurs.

L. BELMONTET.

CAMPAGNE D'ITALIE.

LE DEPART.

ODE Ire.

Le printemps rajeunit la campagne ravie ;
En tous lieux étincelle une abondante vie ;
    Partout la séve s'enfle et sort.
Et la guerre a tonné ! — Tout s'enivre sur terre,
Les roses de soleil, les zouaves de guerre ;
    La vie éclate avec la mort.

Nos fils, notre printemps à nous, se précipitent
Vers la gloire ; les cœurs des familles palpitent ;
    Chacun de l'œil suit son enfant.
Ils sont partis si fiers, si grands, si pleins de joie,
Que leur départ, alors que l'âme se déploie,
    A l'air d'un retour triomphant.

Quels hommes ! — Leurs adieux ont exalté Lutèce.
De Paris à la mer, sans un cri de tristesse,
    L'ovation grandit toujours.
Le peuple de l'armée applaudit le passage,
Et sur toute la ligne un radieux présage
    Annonce de prochains grands jours.

Quand nos aigles s'en vont pour planer dans l'histoire,
Le sentiment public est déjà la victoire ;
    La gloire est une vérité.
L'impossible est possible avant que l'on ne parte.
L'Italie est le champ par où les Bonaparte
    Montent vers la postérité.

Sur les fronts basanés de nos soldats en flamme
D'avance en traits vivants le succès se proclame ;
    L'avenir se lit dans leurs yeux.
C'est que nos bataillons, aux marches décidées,
Portent plus que du fer ; c'est qu'ils ont des idées
    Qui semblent leur venir des cieux.

Oui, tes canons, ô France ! ont plus que de la poudre :
Une grande pensée est au fond de leur foudre :
    Leur cible est un grand but humain.
Les peuples opprimés sont nos frères, ô France !
Quand son glaive est tiré, c'est une délivrance
    Que l'Empereur porte en sa main.

Les grands corps de l'État, et le peuple, et l'armée,
Toute la nation en soldats transformée
    Se masse autour de l'Empereur.
Tout prend feu, s'il s'agit d'une illustre entreprise ;
Et toute grande idée, alors qu'elle est comprise,
    N'avorte pas comme l'erreur.

Non, ces tressaillements d'orgueil d'un peuple immense,
Cette fièvre du beau qui toujours recommence,

Cette contagion du grand,
Ces vastes tremblements d'honneur, ces jets de flamme,
Le vrai seul les produit.— Quand un règne a de l'âme,
Toujours la France le comprend.

Est-ce qu'il se trompait l'héritier du grand homme?
Non, l'élan du pays en est l'ardent symptôme.
Un grand cœur ne se trompe pas.
Quand un Napoléon prend un chemin magique,
Comme lui, pour aller en avant, énergique,
La patrie emboîte son pas.

Oh! pour un souverain qu'un grand devoir anime,
Oh! qu'il est beau d'avoir un peuple magnanime,
Marchant au but d'un front d'airain!
Oh! pour un peuple fier, dont l'âme est héroïque,
Oh! qu'il est beau d'avoir, ferme, calme, stoïque,
Un héroïque souverain!

A l'heure du départ, ravis de nos cohortes,
Le peuple et l'Empereur, ces deux Majestés fortes,
Se sont donné la main du cœur.
Ce spectacle était beau comme aux beaux jours de Rome,
Et l'Europe s'est dit: Un grand peuple, un grand homme,
C'est trop pour n'être pas vainqueur.

Juin 1859.

L'ARRIVÉE.

Cavaliers, fantassins, ces trombes de bataille,
Zouaves et chasseurs, géants à courte taille,
    Artilleurs, foudres du destin,
La garde, mur de fer, canons d'un jet modèle,
Tout luit, tout part; l'armée avance à tire-d'aile :
    La guerre a l'air d'un grand festin.

C'est en train de plaisir que s'en va l'avalanche,
Se promettant déjà de fondre à l'arme blanche ;
    On est si brave à bout portant !
Les cartouches n'ont pas l'art de la baïonnette.
C'est l'arme des Français pour faire place nette.
    Tous se le disent en partant.

Et par terre, et par mer, des Alpes jusqu'à Gênes,
Débordent nos soldats, futurs briseurs de chaînes.
    Par là nos gloires ont passé.
Nos pères ont des fils comme eux : toutes les routes
Ont des noms dont l'Autriche illustra ses déroutes...
    Le présent sera le passé.

Ils n'ont que touché terre, et déjà l'Italie
Sent que la liberté, par la gloire embellie,
    Arrive sur le sol martyr.
Déjà de nos drapeaux l'étincelle électrique
Fait jaillir dans l'espace un grand éclair féerique :
    C'est la foudre qui va partir !

Elle part. — En trois pas notre armée est en ligne.
Dans le ciel, devant elle, on voit déjà le signe
    Dont Dieu menace les tyrans.
Le Piémont est debout : déjà son roi zouave
Près de notre Empereur fait bouillonner sa lave.
    L'avenir se met dans ses rangs.

Oh ! que de joie au fond de toutes les entrailles !
Tous ces regards de feu sont autant de mitrailles
    Contre leur farouche oppresseur.
Même l'enthousiasme a des paroles graves.
Toute bouche s'écrie, en embrassant nos braves :
    France, rends la vie à ta sœur !

Et le fluide court de Gênes à Palerme.
Une invincible foi du mal prédit le terme.
    Le sol tremble, la vie en sort.
On dirait que Lazare a secoué sa tombe.
Où notre aigle paraît, le joug barbare tombe ;
    Où va la France va le sort.

Femmes, enfants, vieillards, prêtres, toutes les classes
Semblent ressusciter : aux champs et sur les places,

Fleurs des palais, fruits des hameaux,
Tout pleut sur nos soldats, même d'heureuses larmes,
Cœurs de partout; partout nous chassons les alarmes:
    On n'a qu'un cri, la fin des maux.

Que c'est beau! — tout un cœur de peuple se remue;
Notre indomptable armée elle-même est émue:
    Les deux courants n'en font plus qu'un.
O l'admirable chose, alors qu'une âme unique
Fait vibrer, dans la masse où Dieu se communique,
    Chacun dans tous, tous dans chacun!

Régénération immense, ardent prodige!
Qui donc les a créés? qui donne un saint vertige
    Aux fils du vieux monde romain?
Quel est ce créateur d'une phase nouvelle,
Par qui d'un nouveau droit la raison se révèle
    Au profit de l'esprit humain?

Ce conquérant moral, c'est Dieu seul qui l'anime.
Sa seule ambition, c'est d'être magnanime:
    L'Empereur, c'est le bien voulu.
Sa politique neuve est d'être roi du juste.
Le siècle est avec lui; César se fait Auguste:
    Le génie est dans l'absolu.

Qui pourrait l'emporter sur un si beau système?
Quand le peuple Français sacre de son baptême
    Une idée où germe un bienfait;
Quand il donne son sang pour que le siècle marche,

Lorsque des nations son char de guerre est l'arche,
    Ce qui doit être est déjà fait.

L'Autriche a défié la France... Ses défaites
Payeront cher le défi : les combats sont nos fêtes,
    Lorsqu'on engage notre honneur.
Le sort de l'Italie est l'enjeu de la guerre,
L'Italie a gagné. — Dès que part son tonnerre,
    Notre héroïsme a du bonheur.

Si fort qu'il se prétende, un rival de la France
Sent qu'à nos premiers pas sa force est en souffrance.
    Deux camps, deux principes divers.
Là-bas le doute ; ici la foi qui s'apprécie,
Et tout un peuple en marche au pas de son Messie...
    La foi gouverne l'univers.

Juin 1859.

L'ABSENCE DE L'EMPEREUR.

L'IMPÉRATRICE.

ODE III.

Napoléon combat... Quel calme dans nos villes !
Les grands événements font les vertus civiles,
    Les sentiments deviennent beaux.
Dès que l'honneur français joue un illustre drame,
Le sens national, réveillant une autre âme,
    Change les torches en flambeaux.

L'Europe se disait, prompte à nous méconnaître :
Napoléon parti, les troubles vont renaître.
    Il part, l'Europe est dans l'erreur;
Il a si largement basé sa nouvelle ère,
Qu'absent, il ne l'est pas. — Sous son nom populaire,
    L'Impératrice est l'Empereur.

Le peuple veut toujours un règne qu'il estime.
Estimer c'est aimer. Une harmonie intime
    Réunit leurs puissants accords.
Des instincts généreux la France est la patrie,
La gloire est le chemin de son idolâtrie,
    L'âme l'emporte sur le corps.

Oui, l'Empereur combat... Les passions mauvaises,
Dès que l'honneur fait feu redeviennent françaises.
        La patrie épure le cœur.
C'est plus que l'étranger que l'Empereur va vaincre.
S'il est des insensés que Dieu n'a pu convaincre,
        C'est d'eux surtout qu'il part vainqueur.

Le peuple, en épousant sa haute politique,
Abat des vieux partis l'orgueil paralytique,
        Le peuple, grand juge des faits.
Il donne à l'Empereur, qui fit sa renaissance,
La souveraineté de la reconnaissance.
        Tout sceptre est fort par ses bienfaits.

Quels adieux, quand la foule escortait le monarque!
D'un invincible accord impérissable marque!
        Vit-on départ plus triomphant?
L'Empereur, à cette heure où l'âme se regarde,
A senti que le peuple avait pris sous sa garde
        L'Empire, la mère et l'enfant.

La dynastie en fleur, l'enfant que Dieu protége,
Dont nos grands souvenirs composent le cortége,
        Jeune sceptre qu'on voit venir.
La mère, qu'un grand cœur choisit pour sa compagne,
Autre grand cœur tout chaud du soleil de l'Espagne,
        La mère de notre avenir.

Oui, l'Empereur absent règne dans Eugénie,
C'est la femme avant tout de son mâle génie,

L'épouse du règne penseur.
Dans la force de l'âme elle a mis sa richesse.
L'Espagnole oserait plus qu'une archiduchesse,
    S'il nous fallait un défenseur !

Elle a parlé de haut en vraie Impératrice,
Quand elle a présenté, touchante protectrice,
    Son fils aux grands corps de l'État
Aux applaudissements de la foule attendrie,
Sa voix vibrante était la voix de la patrie,
    On eût dit la reine-soldat.

Quel tableau d'épopée !. . Un frère du grand homme,
Dont les traits rappelaient le radieux fantôme,
    Élevait l'enfant dans ses mains ;
Et le Priam français, ceint de nos vieilles gloires,
Semblait, avec l'enfant, promettre à nos victoires
    De prophétiques lendemains.

Et pendant cette scène, où l'avenir respire,
Où dans le jeune prince on embrasse l'empire,
    Baisers dont la France est l'écho,
Nos phalanges d'honneur sauvent la Lombardie,
Et deux Napoléons vont, d'une main hardie,
    Refaire d'autres Marengo !

Juin 1859

LA LUTTE DES DEUX EMPIRES.

ODE IV.

Les rigueurs du destin, pour qui sont-elles faites ?
Pour qui Dieu change-t-il les combats en défaites ?
    Peuples, pour ceux qui sont haïs.
Ah ! malheur aux États dont l'égoïsme opprime,
Dont l'art de gouverner a pris les airs du crime,
    Qui disent au monde : « Obéis ! »

Tôt ou tard le jour vient où meurt l'obéissance,
Où le soulèvement devient la jouissance,
    Où la conquête se dissout.
Avec les conquérants les peuples font divorce
Dans les excès du mal ils retrouvent leur force,
    Et l'héroïsme les absout.

Et si, pour soutenir leur foi qui ressuscite,
Pour que la délivrance, en pleine réussite,
    Brise un joug forgé par l'enfer,
S'il accourt un sauveur, un héros de la France,
Soudain leur liberté, si longtemps en souffrance,
    Est sûre d'elle, elle a du fer.

On a plus que du fer quand on veut être libre.
On a le feu moral qui sort de chaque fibre,
    La volonté, ce nerf divin,
Cette vertu des forts que rien ne peut abattre,
Surtout lorsque la France est là qui vient combattre,
    Et qui jamais ne frappe en vain.

Avec ce sang gaulois, où tant de feu circule,
Avec un Empereur qui jamais ne recule,
    S'il s'agit de l'honneur français;
Avec des bataillons nés pour l'art de la guerre,
Qui vont à l'ennemi comme va le tonnerre,
    La lutte est déjà le succès!

Officiers et soldats, tous ont la même flamme,
Soldats comme officiers, tous sont égaux par l'âme,
    Se bien comprendre est leur bonheur.
C'est la démocratie, en plein patriotisme,
Dont l'égalité monte, à force d'héroisme,
    A tous les grades de l'honneur.

N'est-ce rien que d'aller, fiers et l'âme ravie,
A la mort pour qu'un peuple en retire sa vie?
    N'est-ce rien qu'une ardente foi?
N'est-ce rien que d'agir pour le bonheur des autres?
D'accomplir une idée en belliqueux apôtres?
    D'avoir l'humanité pour soi?

Que peut, si fort qu'il soit, François-Joseph d'Autriche,
Contre Napoléon, dont la chance est si riche?

Dieu n'égare pas sa faveur.
L'Empereur féodal veut un vieux équilibre,
L'Empereur libéral veut qu'un peuple soit libre :
Le triomphe est pour le sauveur.

Le salut dans un camp; — dans l'autre l'esclavage;
— L'unité d'âme ici; — là le nombre sauvage,
Dix peuples sans un même cœur.
Là tous les longs apprêts d'une force brutale,
— Ici l'esprit du siècle avec sa loi fatale.
L'esprit est l'éternel vainqueur.

Juin 1859.

LES BATAILLES.

ODE V.

Où l'Empereur agit, la fortune est certaine.
Le grand homme d'État devient grand capitaine :
    Épée ou sceptre, c'est tout un.
Le génie est grand maître en tout... La tête habile
Devient l'habile main, quand l'armée immobile,
    En ligne, attend l'ordre opportun.

L'ordre est parti ·Chargez!... Les boulets se provoquent;
Les sabres, les fusils, les lignes s'entre-choquent;
    La fureur court de rang en rang :
Combattants, passions, bruits de feu, tout se mêle :
La bataille rugit, les masses font comme elle;
    La mort se plonge dans le sang.

D'hommes et de chevaux quel ouragan immense !
De toutes parts se rue une altière démence.
    Quel choc de sublimes bourreaux !
Il est un moment sombre où tout drapeau se troue,
Où la fortune en sang fait tournoyer sa roue,
    Où partout il pleut des héros.

Mais après ces fracas de la trombe homicide,
Accourt l'instant suprême où le sort se décide,
    Où l'art rend vains les lourds efforts;
Où les intelligents, encor plus intrépides,
Vers la grandeur du but font des bonds plus rapides;
    Où les meilleurs sont les plus forts.

C'est l'heure des Français. Leur dernière furie,
Donne son coup de grâce à la longue tuerie,
    Et répand le plus de terreur.
C'est ce dernier élan qu'ils rendent invincible;
Quand leur cause est sacrée, il n'est rien d'impossible,
    Au cri de *Vive l'Empereur!*

Qui leur résisterait, puisqu'ils ont les beaux rôles?
Je suis venu, j'ai vu, j'ai vaincu!... ces paroles
    César les a faites pour eux.
A chaque jour de marche ils les ont prononcées.
Leurs victoires dans l'air semblaient être annoncées,
    Tant on poussait des cris heureux.

Napoléon, ton âme au loin se communique....
Toute l'armée en feu, comme un zouave unique,
    Renverse l'obstacle en courant.
Chaque nom de bataille est un nom de victoire :
Chaque fleuve franchi dresse un pont dans l'histoire,
    Et la gloire en est le courant.

Palestro..., beau début, où le Piémont s'inspire.
Piémontais, dont le sang coula pour notre empire,

Le nôtre va couler pour vous.
Frères de notre gloire aux champs de la Crimée,
Vengeurs à Palestro d'une sœur opprimée,
    Vous illustrez vos premiers coups.

Palestro, champ d'honneur de votre roi zouave,
C'est là que, sous le feu, sa royauté de brave
    Gagne sa couronne de fer,
Pendant qu'idole et chef d'une troupe hardie,
Garibaldi partout réveille en Lombardie
    La foi qui doit vaincre l'enfer.

Et sur notre aile droite, un autre Bonaparte,
Dont le coup partira, quand il faudra qu'il parte,
    Assure la grande action.
L'immobilité même est presque un sacrifice
Qui rend à notre armée un généreux service :
    C'est la menace en faction.

La menace a forcé l'Autriche à se restreindre.
Prince, en la refoulant, n'est-ce pas la contraindre ?
    Tout poste en guerre a sa beauté.
Jeune Napoléon, époux de la Sardaigne,
Va, porte à ton beau-père, en neveu d'un grand règne,
    Pour dot, une autre royauté.

La charge bat. — L'Autriche a préparé ses larmes !...
Montebello, ce nom deux fois grand pour nos armes,
    France, encor plus beau, tu l'inscris.
Ta jeune infanterie et tes soldats novices

Prouvent qu'au premier pas, au jour des grands services,
  Nos drapeaux n'ont pas de conscrits.

Turbigo, Magenta... magnifiques journées !
Les masses de l'Autriche y sentent, consternées,
  Que leur sort déjà s'y prédit.
Magenta... notre garde y devient immortelle,
Il lui faut dix contre un ; elle est si sûre d'elle ! ..
  Là pour l'Autriche tout est dit.

Vienne Solferino, — qu'importe où l'on se place ?
La défaite est pour ceux dont la fortune est lasse ! —
  C'est là qu'est le grand rendez-vous.
L'Autriche y préparait, pour sortir de ses doutes,
En cratères de fer d'imprenables redoutes.
  Rien n'est imprenable pour nous !

Non, non, voyez ; — pendant tout un soleil d'Afrique
La bataille a bondi, gigantesque, homérique.
  Comme les aiment les Français.
Nos laves en képi courent de crête en crête,
Tout cède. — L'Empereur, que nul danger n'arrête,
  S'écrie : Allez, c'est le succès !

Et parmi les boulets, l'Empereur intrépide,
Achille réfléchi sur son cheval rapide,
  De nos lions guide l'essor.
Et le succès grandit, tel qu'il l'a fait d'avance ;
Et vers le grand triomphe avec calme il s'avance,
  Comme s'il commandait au sort !

C'est fait ! — Napoléon, ton œuvre est accomplie.
L'Italie est enfin rendue à l'Italie,
    Nos héros vont lui dire adieu.
Toujours grand, tu sais même étonner la victoire,
La paix qu'offre un vainqueur est encor de la gloire :
    Elle est la victoire de Dieu !...

Juin 1859.

LES BLESSES ET LES MORTS.

ODE VI

Le cœur saigne puisse tant de sang
versé, tant de malheurs retomber sur
ceux qui en sont la cause !
(NAPOLÉON, le lendemain d Austerlitz)

Oh ! qu'elle coûte cher la gloire des batailles ,
  Même pour les vainqueurs !
Tout près du *Te Deum*, l'hymne des funérailles
  Gémit au fond des cœurs.
Que de flancs maternels, féconds pour la patrie,
  Dont la joie est flétrie.
Même quand le triomphe est rayonnant d'orgueil,
Que d'épouses en deuil, que d'enfants pleins d'alarmes
  Arrosent de leurs larmes
L'honneur de tant de morts qui n'ont pas de cercueil !

Mais quels que soient les maux de ces duels si sombres,
  Dont le poids est si lourd,
Le soleil de la gloire en efface les ombres :
  L'honneur parle, on y court.
En vain l'humanité pousse des cris de blâme,

L'héroïsme prend flamme ;
Les nations de cœur vont où va le devoir.
L'avenir est l'enjeu des vaillantes, armées,
　　Et leurs masses charmées
Se cherchent pour la lutte... oh ! c'est terrible à voir !

Les cliquetis du fer, les hourras de la charge,
　　Les vastes feux roulants,
La mitraille à grand bruit, qui démolit au large
　　Des murs d'hommes croulants ;
Cette soif de mourir, qui s'emporte et qui tue ;
　　Chaque ligne abattue,
Ces transports effrénés d'hommes et de chevaux,
Tous ces bouillonnements de la mêlée immense,
　　Sublime de démence,
Quel spectacle ! — L'enfer sort de tous les cerveaux.

Ils sont tous enivrés des vapeurs de la poudre ;
　　Le sang qui coule bout ;
On ne voit que le but sans entendre la foudre ;
　　Le triomphe est au bout.
Que de carnage il faut pour faire une victoire !
　　Pour un mot dans l'histoire !. .
N'importe ! — Les dangers entraînent les esprits.
L'héroïsme est l'élan des âmes généreuses ;
　　Elles volent, heureuses,
A ces fêtes de sang, dont le monde est le prix.

Mais quel autre tableau ! — Quand le combat s'agite,
　　S'exaltant dans son cours,

Les blessés tristement cherchent le triste gîte
    Où l'art tient ses secours.
Là-bas est le vertige aux rudes turbulences;
    — Ici les ambulances
De la gloire en lambeaux montrent les noirs côtés;
— Là-bas l'enthousiasme;— ici les agonies,
    Les sombres gémonies,
Où la guerre n'a plus ses horribles beautés.

Qu'il en vient pour mourir, dans leur pâleur altière,
    Sur ce théâtre obscur,
De braves tout meurtris, dont l'âme reste entière,
    Dont le calme est si pur!
Leurs membres retranchés tombent devant leur face,
    Sans qu'un regret efface
Cette mâle fierté du devoir accompli.
S'ils meurent, la patrie en a le bénéfice :
    L'orgueil du sacrifice
Aux douleurs, sur leur front, n'accorde pas un pli.

Caractères divins! — O les beaux jeunes hommes,
    Que rend plus beaux la mort!...
Pleurons-les fièrement, car la gloire où nous sommes
    Serait presque un remords.
Ce sont eux qui nous font cette force morale
    Qu'une voix générale
Du bout d'un pôle à l'autre exalte, en l'admirant.
S'ils manquent à l'appel, manquent-ils à l'histoire?
    Leur vie est la victoire,
Et c'est notre grandeur qu'ils laissent en mourant.

Peuple, laisseras-tu leurs noms dans la poussière ?
    N'as-tu pas hérité ?
La jeunesse qui meurt est notre créancière
    Sur la postérité.
Que tout département soit une autre patrie ;
    Qu'avec idolâtrie
Chacun d'eux ait son arc de gloire pour les siens.
Tout monument d'airain deviendra le grand livre
    Où les noms vont revivre
Dans l'immortalité, qu'adoraient les anciens.

Même après la victoire, oh ! que le cœur se serre
    Aux champs de la valeur !
Le grand aigle lui-même, en reployant sa serre,
    S'écriait : Quel malheur !
Quel sang pur et que d'or la gloire en deuil dépense !
    L'humanité, qui pense,
Revendique à son tour ses droits qu'elle reprend ;
Elle veut dans l'honneur la paix, loi de l'Église,
    La paix qui fertilise,
La paix des Empereurs, celle qu'on fait en grand.

Juin 1859.

VIVE L'EMPEREUR !

ODE VII.

Non, non, les nations ne sont jamais ingrates.
Ce cri dont s'enivraient nos grandeurs démocrates,
     Quand les rois marchaient contre nous ;
Quand, frappés de la foudre, au bruit de nos fanfares,
Les royaumes prenaient nos étendards pour phares
     Et s'inclinaient à nos genoux ;

Ce cri, que répétaient tous les échos du monde,
Quand avec l'Empereur, dans sa lutte féconde,
     La France au loin dictait ses lois ;
Quand, versant l'avenir de son large cratère,
La révolution fertilisait la terre
     Sous ses laves de sang gaulois ;

Ce cri, c'est le vivat de la reconnaissance,
La sainte explosion de notre renaissance,
     La fierté jaillissant du cœur ;
C'est le bonheur du peuple ébloui de prodiges,
Qui, grand et possédé d'héroïques vertiges,
     Touche les cieux d'un front vainqueur.

Oui, vive l'Empereur !... ce cri de la victoire
Qu'en vastes lettres d'or enregistra l'histoire
     Sur notre globe impérial.

Oui, vive l'Empereur !... ce cri d'une ère épique
Que la gloire poussait, dans sa course olympique,
    Du Kremlin à l'Escurial !

Comme aujourd'hui la France avait des jours de flamme.
La passion du beau lui tenait toute l'âme ;
    Ses destins étaient triomphants.
Un saint patriotisme embrasait sa pensée ;
Et sa splendeur au loin brillait, récompensée
    Par les splendeurs de ses enfants.

Du monde occidental la France était la reine.
Les rois se pénétraient, à sa voix souveraine,
    D'une magnifique terreur.
Qu'elle avait bien raison, dans son idolâtrie,
D'ériger le grand homme en Dieu de la patrie
    Et de vivre dans l'Empereur !

Oui, vive l'Empereur ! — toujours lui ! — Vive l'ère
Où, montée au niveau du géant populaire,
    La patrie allait à son pas ;
Où la démocratie, heureuse de son lustre,
Planant à ses côtés, comme à présent illustre,
    Marquait le temps de son compas !

Sous le dieu plébéien, que toute langue nomme,
Être Français, c'était devenir plus qu'un homme ;
    C'était guider le genre humain ;
C'était aller du cœur où va tout cœur de flamme ;
Dans le culte du beau c'était vivre de l'âme,
    Comme fit le peuple romain.

Notre génie avait le vol de l'aigle immense.
Sous le souffle divin d'un grand cours qui commence,
    Tous nos pas étaient éclatants.
Le grand peuple, sorti héros de ses chaumières,
S'avançait et, le front tout chargé de lumières,
    Formait l'avant-garde du temps.

Vive donc à jamais le plus grand des grands hommes,
Qui, sorti de nos flancs, nous fit ce que nous sommes,
    De la gloire éternel rentier ;
Qui, de ses fortes mains au vieux monde fatales,
Nous apprit le secret de nos forces vitales,
    En l'apprenant au monde entier !

Le peuple, dont l'amour demeure intarissable,
Qui jamais ne bâtit ses temples sur le sable,
    Dont le cœur est un Panthéon,
Le peuple l'a gardé, ce cri de ses entrailles ;
Il le pousse toujours comme aux temps des batailles :
    Il se sent dans Napoléon.

Ce cri retentissait, quand, aux bords de la Loire,
Debout, la Grande-Armée expirait dans la gloire,
    S'enveloppant de sa splendeur ;
Quand elle déposait les lauriers de nos fastes,
Et qu'elle s'écriait, dans ces heures néfastes :
    Plus d'Empire, plus de grandeur !

Ce cri retentissait d'un bout du monde à l'autre,
Quand, du règne du peuple impérissable apôtre,

Martyr de la fatalité,
Sur son calvaire en feu, tué par l'Angleterre,
L'Empereur expiait, sous les pleurs de la terre,
Sa terrible immortalité !

Ce cri retentissait, quand aux vœux de la France,
Pour en déposséder l'île de la souffrance,
Albion rendait son cercueil,
Et que le Christ-soldat, rappelé par nos larmes,
Revenait, mort vivant, triompher sous nos armes
Et reposer dans notre orgueil !

Enfin, quand nos destins sont redevenus libres,
Ce cri plus que jamais a vibré dans nos fibres,
Parti comme un coup de canon :
Il est sorti des cœurs pour dompter le naufrage,
Quand, ravivant sa foi dans son vaste suffrage,
Le peuple a repris le grand nom.

C'est que le peuple est juste et que le beau l'enflamme,
Qu'il a pour ses sauveurs tous les instincts de l'âme ;
Son choix ne vient pas du hasard !...
Il ne s'est pas trompé. — L'héritier du grand homme
Reproduit le grand cœur qui dort sous le vieux dôme,
Et ton génie, ô grand César !

Vive donc l'Empereur ! mot d'ordre de nos pères ;
Car ce cri dit toujours : Vivent nos lois prospères,
Dont l'aigle porte le bonheur !
Vive la France illustre allant de fête en fête.

L'héroïque bon sens remonté sur le faîte,
　　Et vive l'ordre dans l'honneur !

C'est le cri qu'en tout temps notre grandeur répète ;
Aussi haut que Wagram, Solferino le jette,
　　Au ciel du vieux monde romain.
C'est le grand cri de l'aigle, au vol plein d'étincelles,
Qui marque, dans l'Europe, aux largeurs de ses ailes,
　　Les étapes du genre humain ! ..

Juin 1859.

TABLE DES MATIÈRES.

———

CAMPAGNE D'ITALIE.

———

TYPOGRAPHIF HENNUYER, RUE DU BOULEVARD, 7 BATIGNOLLES.
Boulevard exterieur de Paris

PUBLICATIONS DU MÊME AUTEUR.

———

Les Tristes, poésies élégiaques, 1823, *deux éditions*.

Une Fête de Néron, tragédie, en 1829, *trois éditions*.

Napoléon II, à M. de Chateaubriand, protestation en faveur de l'Empire, en 1831.

Adresse à la nation pour l'abrogation de la loi de bannissement qui frappait la famille de l'Empereur, en 1832, *deux éditions, traduites en anglais*

Biographie de Napoléon III, en 1835.

Les deux règnes, poésie, en 1843, *deux éditions*.

La Poesie de l'histoire, par un poète de l'Empire, en 1844.

Les Nombres d'or, pensées et maximes en vers, en 1845, *quatre éditions*

La Poesie de l'Empire français, 1 vol. in-8°, dédié au Corps législatif. — Imprimerie impériale, en 1853.

Les Poesies guerrières, en 1858.

Le Luxe des Femmes, en 1858.

TYPOGRAPHIE HENNUYER, RUE DU BOULEVARD, 7 BATIGNOLLES.
(Boulevard extérieur de Paris)

www.ingramcontent.com/pod-product-compliance
Lightning Source LLC
Chambersburg PA
CBHW060910180626
46818CB00004B/1902